HUIT JOURS

CHEZ M. RENAN

ÉMILE COLIN — IMPRIMERIE DE LAGNY

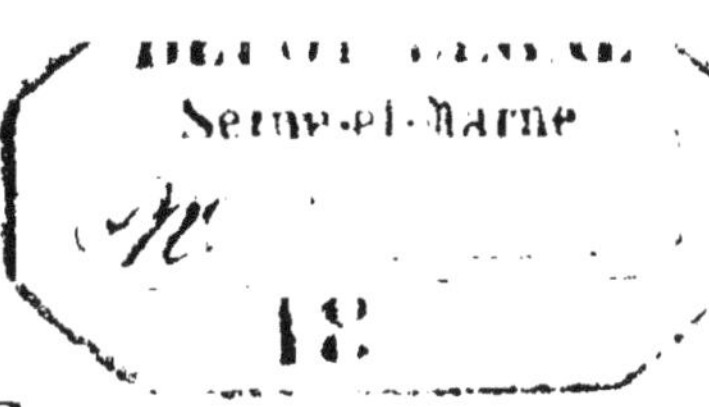

HUIT JOURS
CHEZ M. RENAN

PAR

MAURICE BARRÈS

DEUXIÈME ÉDITION

PARIS
LIBRAIRIE ACADÉMIQUE DIDIER
PERRIN ET Cie, LIBRAIRES-ÉDITEURS
35, QUAI DES GRANDS-AUGUSTINS, 35

1890

DÉDICACE

Mon cher ami,

Un publiciste judicieux a écrit des CONVERSATIONS DE GŒTHE AVEC ECKERMANN *que, si elles n'avaient pas été tenues réellement, il faudrait les inventer.*

M. B.

NOTE

DE LA DEUXIÈME ÉDITION

Cette fantaisie, accueillie avec faveur, je puis bien le dire, par des lettrés délicats et prudents, n'a pas été comprise de tous dans l'entourage de M. Renan.

Au dessert d'un banquet celtique, l'illustre vieillard, couronné de ses Bretons familiers, a cru devoir protester contre les pages qu'on va lire. Son charmant petit discours m'a étonné. Comme me voilà méconnu par un maître que je goûte fort!

La dédicace pourtant, l'épigraphe empruntée à Sainte-Beuve, et l'atmosphère de chaque phrase indiquent nettement mon idée. J'essaie un dialogue dans la manière de ceux que Platon a imaginés pour peindre mieux, chez son maître Socrate, l'attache des idées et de l'homme. Fût-il jamais divertissement plus intellectuel?

Dernièrement, j'en causais avec mon ami Simon : « Ces susceptibilités, m'a-t-il dit, je les crois excessives, mais leur sincérité les fait trop légitimes pour que vous n'en teniez pas compte. » Sur son avis, j'ai donc effacé quelques lignes d'une œuvre que tous deux, d'ailleurs, nous trou-

vons respectueuse pour un maître sans lequel plusieurs façons de sentir et de penser contemporaines ne seraient pas.

« Vous parlez de Renan, me disait encore Simon, sans la moindre préoccupation de lui plaire ou déplaire, simplement en familier de son œuvre. Mon avis est que vous n'avez pas dépassé votre droit de critique et d'humoriste. Mais ce ton, fort reçu envers les morts, sied-il avec les vivants? On s'accorde, pour l'ordinaire, à parler de ceux-ci avec habileté, et de ceux-là seuls avec sincérité. C'est affaire d'éthique personnelle. »

M. B.

HUIT JOURS
CHEZ M. RENAN

> Et pour parler convenablement de M. Renan lui-même, si complexe et si fuyant quand on le presse et qu'on veut l'embrasser tout entier, ce serait moins un article de critique qu'il conviendrait de faire sur lui, qu'un petit dialogue.
>
> SAINTE-BEUVE.

On sait que M. Renan possède à Perros-Guirec (Côtes-du-Nord) une petite maison d'été, où il passe chaque année les mois chauds.

I

A TABLE

Pendant le dîner, qui fut simple, M. Renan vint à parler d'un jeune homme de Perros-Guirec :

— « C'est un excellent esprit; il est instituteur près Versailles; il voudrait quelque avancement dont il est digne; je l'ai recommandé à mon ami le vice-recteur de l'Université de Paris. J'ai écrit cette lettre avec plaisir. Et je fais valoir que son frère est mort au Tonkin. »

Il aurait continué de la sorte; un ami qui se trouvait à côté de moi et que j'ai lieu de croire un professeur du Collège de France, avec un sourire et un peu d'impatience, l'arrêta :

— « Mon cher maître, vous n'avez rien écrit, quoique je vous aie prié souvent de penser à ce jeune homme... »

— « Je l'ai oublié ? j'en suis fâché ; c'est un très bon esprit, un excellent sujet : il méritait son avancement. »

Il y eut un silence, pendant lequel je me demandais s'il était aimable de sourire ou de n'avoir rien entendu.

M. Renan, qui s'aperçut de mon indécision, me dit : « Il faut l'avouer, j'ai des distractions. C'est que je suis un passionné, le plus passionné des hommes. »

— « Nous croyons tous, monsieur, que vous avez vécu comme un sage. »

« — Je ne suis un sage que depuis que les hasards du succès m'ont fait paraître tel. Toute ma vie je fus consumé de passion. Pour la satisfaire, j'ai repoussé de vieux amis et peiné les êtres qui m'étaient le plus chers. J'ai renoncé à un succès certain et immédiat à l'âge où on y trouve réellement de grands avantages. Jusqu'à cinquante ans, je ne me suis jamais couché avant les deux heures du matin. Enfin j'ai abîmé mon estomac; n'est-ce pas, monsieur, le fait d'un homme passionné? Pour connaître les origines de notre foi, j'appris l'hébreu, le syriaque et le chaldéen. Ce m'étaient des travaux délicieux, et tels qu'aucune amante n'aurait su comme eux remplir ma vie. Je crois que Don Juan eut un cœur moins ardent que ce petit philosophe que j'étais, sous la froide charmille janséniste de Saint-Sulpice.

« Madame Sand, qui m'aimait beaucoup, me pria un jour au Magny; elle voulait qu'en dînant je séduisisse son ami Gautier. Nous passâmes deux heures d'une fine intimité d'esprit. J'admirais Gautier. Je fus frappé du découragement de ce grand artiste. Quoi ! ses phrases éclatantes, la belle netteté de sa vision, lui laissaient le loisir d'être inquiet ! C'est que de courts poèmes, un conte parfait, ne nourrissaient pas assez régulièrement sa passion. Son enthousiasme avait des répits, des jours de diète ou de viande creuse de journaliste. Il lui fallait s'efforcer ensuite, comme un amant mal entraîné, et repartir sur de nouveaux frais. Pour moi, j'ai donné, chaque matin, à ma passion un dictionnaire et un lexique à dévorer. Le champ des études historiques où je vis est immense, et, s'il venait à nous manquer, j'entrevois les sciences naturelles, qui sont inépuisables.

« Madame Sand demanda à Gautier comment il m'avait trouvé ;

il répondit : « Renan, c'est un calotin. » Il avait bien raison. J'ai toujours rêvé de m'enfermer dans une œuvre idéale. J'ai fait ma vie pauvre, pleine d'émotions intimes, exempte des soucis matériels et des influences extérieures. Tandis que d'autres passaient superbes de vie, connaisseurs de tous les tourments et des jouissances, peut-être quelquefois ai-je trop admiré leur sang si chaud et leur jeunesse orgueilleuse. Mais j'ai bien vite reconnu, sous la magnificence de leurs attitudes, *l'ignominie du siècle*, la tristesse de tous les désirs. Je m'en suis tenu aux choses de l'âme; je suis un prêtre... »

Je ne sais quelle maladresse fut commise dans le service ; le maître, au lieu de s'en fâcher, sourit, disant à peu près : « On ne peut plus rien faire de ces filles depuis que des journalistes sont venus à Perros.

A ces messieurs tous moyens étaient bons pour connaître des détails de notre vie. Ils surent paraître séduisants à ces sauvagesses... Ils avaient raison, continua-t-il en me versant un verre de fine champagne; moi-même, pour connaître les secrets de Dieu, j'ai fréquenté ses serviteurs. C'est d'eux que j'ai appris le ton et les anecdotes qui plaisent dans mes ouvrages. »

Nous passâmes sur la terrasse. A travers une éclaircie des arbres on apercevait la mer, et cette masse d'émotion confuse qu'est l'océan le soir faisait paraître bien petites ces coquetteries d'esprit.

Quelques jeunes gens, Parisiens en villégiature à Perros, vinrent nous rejoindre, qui imaginèrent de chanter des chansons bretonnes. M. Renan, pour les obliger, entonnait avec eux le refrain de *la Reine Anne.* Puis, il se tint à l'écart, approuvant de temps à autre, jusqu'à ce qu'il obtînt le droit de se faire oublier *.

Cette fois encore, je fus frappé de l'écrasante bienveillance de M. Renan, et je lui sus gré de ce qu'elle témoigne de mépris pour le monde extérieur. Son ironie métaphysique est une excellente attitude en face d'un univers qui manque décidément d'imprévu. Ce n'est pas l'optimisme facétieux d'un homme pour qui le hasard fut généreux, mais la clairvoyance d'un haut esprit, résigné à l'irrémédiable bassesse du plus grand nombre des

* On sait, du reste, que M. Renan ne fait aucun cas des jeunes littérateurs. Il pense justement que c'est prétention et échec d'écrire avant la quarantaine. (La France meurt des gens de lettres, me disait-il un jour.)

minutes que vivent les hommes et qu'il vit soi-même. Tandis qu'il roule sur ses épaules sa tête grossièrement ébauchée, et qu'il tourne ses pouces sur son ventre merveilleux d'évêque, tous lui sont indifférents. Il ne s'intéresse qu'aux caractères spécifiques, l'individu n'existe pas pour lui.

II

EN PROMENADE

Vers les quatre heures, en longeant l'Océan, nous sommes allés à Perros-Guirec, qui est un petit village de baigneurs, à huit cents mètres de la maison Renan. En avant, avec sa maîtresse et son maître-nageur, marchait mon ami Simon, qui a peu de goût pour la Société des Gens de lettres, fussent-ils les plus notoires du monde. « Ce sont personnes susceptibles, me dit-il, et leur vanité, excusable dans leurs œuvres, n'est pas justifiée le plus souvent par leurs agréments mondains. » L'illustre penseur, considérable, et son chapeau à la main, traînait un peu à cause de ses rhumatismes. Nous étions fort salués, et il paraissait jouir de cette bienveillance de l'automne et des gens. Après qu'il eut un peu soufflé, il me parla de cette douceur qu'il goûtait à être aimé dans son pays natal, où jadis on l'eût écharpé.

« — A Ischia, me dit-il, je passais des étés délicieux avec Hébert, mais cette terre d'Italie, courtisane qui ne s'est jamais refusée, ne sut s'assurer mon cœur. Il me fallait le foyer de mon père, la vie de Bretagne. Or, c'est une idée excessive de leurs devoirs qui poussait mes compatriotes à violenter leur âme. Ils m'ont toujours aimé sans qu'ils le sussent. Le directeur de Saint-Sulpice, l'abbé Le Hire (Arthur-Marie), était de Morlaix. Il fut attristé par la flexion que je dus im-

primer à ma vie. D'une haute science d'orientaliste, il eut à reviser à son point de vue mes travaux. Il fut brutal (l'Eglise m'a habitué au ton de ses polémistes), mais il s'en excusait presque. Il écrivait : « M. Re-
» nan a-t-il encore le droit d'exiger
» de nous que notre indignation se
» contienne ? En repoussant ses atta-
» ques, nous ne faisons que nous
» défendre ; nous soutenons une
» lutte généreuse pour ce que
» l'homme a de plus cher et de plus
» inviolable, *pro aris et focis**. »

Il s'agissait de ma mission en Phénicie, et cet excellent homme continuait avec la gaucherie la plus adorable du monde : « M. Renan
» sait que je ne le hais pas. Plût au
» ciel que la Providence, qu'il n'in-

* Dans cette citation et les suivantes, on a rétabli le texte exact. Epigraphie phénicienne. Juin et juillet, 1864, dans les *Etudes religieuses, historiques et littéraires.*

» voque plus, fît tomber entre ses
» mains quelques rouleaux pou-
» dreux, enfouis pendant des siècles,
» où fussent consignées les annales
» de Tyr et de Sidon ! Plût au ciel
» que, laissant là la Bible, il s'honorât
» lui-même, en honorant sa patrie,
» par des travaux d'histoire et d'ar-
» chéologie sur les pays qui ont été
» le théâtre de ses recherches ! J'ap-
» plaudirais à ses efforts, je louerais
» ses succès, et, s'il était nécessaire,
» j'excuserais ses écarts, dont les
» plus habiles ne sont pas sûrs de se
» préserver. Mais c'est lui qui nous
» oblige à changer notre voie. »

Et à la fin : « J'achève ma tâche,
« disait-il, avec la douloureuse pers-
« pective d'éloigner pour longtemps
« un ami des jours anciens que nos
« bras ouverts ne se sont pas lassés
« d'attendre, mais avec la conscience
« d'accomplir un devoir. »

Tandis que l'épiscopat presque entier, avec une colère de tête, me traitait injurieusement, Le Hire est avant tout peiné. Il souffre de me haïr, mais il a des scrupules de sa répugnance à me maudire. Ce n'est qu'en se forçant lui-même qu'il grossit sa voix. Tel fut le cœur de la Bretagne à mon égard. Elle m'adora toujours. Il n'en est pas moins vrai, ajouta M. Renan en me fixant d'un regard soudain rajeuni, qu'il y a vingt ans tout ce monde-là se fût sanctifié à me mettre en pièces. »

« — Je pense qu'aujourd'hui notre sécurité est parfaite, lui dis-je en m'essayant à plaisanter.

« — J'invite les maires à dîner, volontiers. On voit les sous-préfets et les chefs de gare pleins de prévenances pour moi. Puis, c'est ici un pays civilisé, où fréquentent les baigneurs, à deux pas de Lannion. Il ne serait point convenable que je m'aventurasse dans une réjouissance du Finistère, dans un *pardon*, veux-je dire, parmi quinze cents gaillards d'intelligence courte, touchés d'alcool, et qu'un geste du vicaire peut déchaîner. Mais je retrouve par ici de vieilles relations de famille. Si vous étiez Breton, nous serions cousins; la politesse le veut.

« L'autre jour, à la gare de Lannion, un aiguilleur a serré la main d'Ary *, et lui a dit que j'étais un brave homme, que mon père avait été son parrain. Puis il l'a chargé de me souhaiter le bonjour.

« Au vrai, ma mère n'a laissé ici d'autres parents que Joseph Morand. (Il disait *Joson*, et m'ajoutait que lui-même, sa mère l'appelait *Ernestic*.) — Morand est avocat à Lannion,

* M. Ary Renan, le seul fils du grand écrivain, esprit très orné, peintre de rêves choisis et qu'on connaît trop peu, écrivain d'un maniérisme délicat.

où son père, jadis, fut greffier du tribunal. Nous nous sommes beaucoup aimés.

« En 1830, j'avais huit ans; ma mère et moi, nous étions chez les Morand, au manoir de Travern, près de Trebeurdin, au bord de la mer. Je vois encore notre banc de pierre abrité de la brise, et les vagues qui se pressaient. Je lisais Télémaque. Ma mère aimait beaucoup Télémaque, monsieur. C'est un bien beau roman. Et une vieille femme accourut disant : « *Ar revolution so e Paris !* La révolution est à Paris ! » Nous restâmes désespérés, à cause de mon frère Alin qui était là-bas, et nous pensions qu'on allait tout tuer. »

Je ne sais comment M. Renan me dit cette histoire, mais j'y trouvai, dans un raccourci touchant, la vision de ce milieu étroit et sentimental où, petit enfant près de sa mère, il préparait son génie. Avait-il deviné mon émotion? Il me dit d'un ton affectueux :

— Vous aussi, vous aimez Télémaque. Eh bien ! venez demain matin, je vous lirai les pages chimériques que je me plus à écrire en rêvant que Fénelon m'eût approuvé. Vous voulez savoir d'un vieil homme s'il est heureux. Vous doutez qu'il lui suffise d'avoir écrit des pages qui plaisent, et de dîner avec de belles amies à Paris. Le vieil homme vous montrera que son bonheur est la certitude qu'il n'a pas démérité du petit garçon de Trebeurdin, qui lisait Télémaque à sa mère auprès de l'Océan.

Simon, qui a ses habitudes, venait d'entrer dans la petite pâtisserie de Perros. J'allai le rejoindre, car je sais que Renan aime à marcher seul. Et puis il affectionne un certain nombre de considérations étymologiques, sur l'île *Tomé*, par exemple, dont le nom vient de *Stoma*, grec, ou de *San tome*, espagnol, qui, je l'avoue, m'ennuient infiniment.

III

DANS SA BIBLIOTHÈQUE

Comme Renan m'y avait engagé, je suis venu chez lui, au matin. On me pria d'attendre dans la bibliothèque; j'ai préféré visiter le jardin, car ces matinées de Bretagne sont admirables et joyeuses. Ce bouquet d'arbres dans cette gorge, si rares sous le souffle de l'Océan, la mer belle à l'infini devant moi, ce sol antique et couvert de divinités tristes, et là, dans cette petite maison de briques, l'intelligence la plus claire, la plus ornée que je sache, tout m'enchantait. Et j'étais orgueilleux de moi-même, parce que je sentais si profondément les belles choses.

Le maître m'appela depuis la terrasse. Dans la bibliothèque, nous avons un instant regardé ses livres. Je crois bien que le plus fatigué est le traité de Cousin, ***Du vrai***, ***du beau et du bien***.

— C'est, me dit-il, un maître presque complet, un écrivain éloquent et un manieur d'hommes... Moi, je n'ai jamais su plaire qu'en tête à tête... Mais peut-être, continuat-il en souriant, peut-être Cousin ne voyait-il pas de différence très nette entre l'influence de Jésus sur les Apôtres et sa propre dictature à l'École normale (1).

(1) C'est ici le passage qui semble avoir le plus ému M. Renan ; il affirme que j'ai mal exprimé son opinion sur Cousin. Mais lui-même, je crois qu'il ne m'a pas compris ; c'est qu'il ne m'a pas lu. Il a bien raison, mais alors pourquoi risque-t-il de me chagriner ?

Renan me dit encore : « Il est vrai qu'on veut bien m'offrir beaucoup d'intéressants volumes. Un jour, décidément encombré, j'ai

« On a vu dans ma bibliothèque, a-t-il dit aux Bretons du *Dîner Celtique*, un livre bien fatigué. On en a conclu que c'était mon livre de prédilection. C'était un Cousin... et alors... C'est là un genre d'induction véritablement un peu hasardé, et qui me fait énoncer des opinions qui sont l'inverse absolu de la vérité... »

En quoi ai-je donc blessé la vérité ? Je dis (d'après un rédacteur du *Parti National*) qu'on voit chez Renan un traité « *du Beau, du Vrai* » très fatigué. Je n'en conclus pas un instant que M. Renan préfère ce livre à tous autres ; je ne dis même pas qu'il le goûte un peu.

Mon Renan se borne à constater l'influence qu'eut Cousin, ses qualités d'homme d'action, sa dictature à l'Ecole Normale. Ce sont des faits que personne ne saurait nier. L'éloquence littéraire de Cousin, M. Renan l'a jadis célébrée. Du caractère de l'homme, de la conscience du penseur, *mon Renan* ne dit pas un mot ; il s'en tient à une réticence ironique. C'est qu'en effet M. Renan a toujours négligé de s'expliquer nettement sur Cousin. Cela jadis aurait pu être utile... Ah ! que voilà de vieilles histoires !

prié un libraire de m'en débarrasser. L'homme jura qu'il ne me laisserait pas l'ennui d'enlever les dédicaces, que son petit commis et lui-même y suffiraient. Je me défie peu de la malice humaine... C'est depuis cette époque que j'ai reçu des lettres anonymes, où l'on me tutoyait, monsieur. L'abbé Carbon, de Saint-Sulpice, avait bien raison de n'aimer guère le talent, et de nous assurer qu'il est la source des vanités les plus désordonnées. »

Quand nous fûmes montés au premier étage dans son cabinet, dont l'entrée est une rare faveur, Renan ouvrit un manuscrit intitulé *Souvenirs de vieillesse.*

J'ai noté le soir même ce que j'entendis. Mais je crains qu'on ne trouve ici qu'un miroir bien obscur des visions délicieuses que je dus à M. Renan, en cette belle matinée.

M. Renan rappela ainsi le banquet de Tréguier, du 3 août 1884 :

. . . .

« Tout ce qui se dit sous la rose, selon le proverbe des anciens, me parut toujours devoir être tenu secret. Nous avons dîné sous un verger en fleurs. Parmi cent cinquante convives, j'étais placé entre l'adjoint et le maire, les plus vieux du pays. Si j'ai eu quelque talent, ç'aura été de comprendre l'âme naïve du peuple. Et pourtant mes deux voisins m'ont-ils trouvé intéressant?

« Quand N. Quellien eut dit ses vers mythiques, que je connais si bien, je me levai. Cette race idéaliste des Bretons cherchait dans le cidre ce don de poésie que le monde m'a accordé. Mes jeunes amis de Paris interrogeaient curieusement le front charmant de nos filles de Bretagne. Je promis quelque bureau de tabac, puis à des poètes la bienveillance de Calmann Lévy. Seul, alors, je descendis ces rues étroites et tortueuses de Tréguier ; je traversai la place de la Levée, au ras de la cathédrale et du cloître, jusqu'à la petite rue Stanko. Chaque pas me troublait de souvenirs.

« Cette soirée, passée dans cette étroite ville de mon enfance, où j'avais si peu prévu mon avenir, me reviendra, je crois, à mon lit de mort. Emu presque mystérieusement à l'idée que sur cette pierre, où, vieillard illustre, je m'accoudais, j'avais joué avec mes petits camarades, je vis du coin de ce cloître se lever sur les routes de ma vie tant de scrupules qui me remuèrent si douloureusement.

« Non, mon œuvre n'est pas mauvaise ! non, je n'ai rien renié ! J'ai appris à faire des plaisanteries que je ne goûte guère. Mais je garde tout mon amour pour la flèche légère de cette église. Quand on croyait que je l'ébranlais, je l'ai secourue. Elle peut l'ignorer. Moi qui fus dans ce siècle son meilleur fils, son soldat plus utile que tant de zouaves et que Lacordaire lui-même, elle n'a pu me récompenser. Je ne serai pas enterré dans le cloître. O mes maîtres, mes amis, êtes-vous donc morts sans une lueur de la fidélité que je vous gardais, sans soupçonner que moi, l'un des vôtres dans le camp ennemi, j'étais le vaincu qui prend insensiblement la direction de ses vainqueurs.

« Voyez ceux que je vous amenai, France, Bourget, Fouquier, Lemaître, pour citer quelques noms profanes qui vous sont peut-être parvenus. Ils respectent vos caractères, ils aiment vos rêves, ils serviront votre mémoire. Par moi, des jeunes gens pleurent le soir en pesant votre destinée. Et combien, derrière eux, qui n'ont pas ce vain talent de mettre leurs pensées dans des mots, mais qui ont reçu de mes mains des âmes dont le parfum vous serait agréable. Et ceux-là, qui vinrent à Guingamp me recevoir pour que je dîne avec eux, rendaient encore hommage à votre idéalisme...

« Par ce chemin, du collège à la maison, que je parcourais deux fois par jour quand j'étais petit écolier, je suis rentré. L'excellente femme à qui je loue la maison de ma mère et qui me loge a voulu me donner la plus belle chambre. Si je n'avais craint de la contrarier, et si les infirmités ne m'avaient fait plus délicat, j'aurais voulu reposer, comme jadis, dans la cuisine, au coin de la cheminée. Mais pouvait-elle comprendre que le véritable honneur, pour un vieillard, est de reprendre la place qu'enfant il occupa ? Bien peu en sont dignes. Le petit Renan était tout ce que je suis maintenant. Et il avait en plus de nobles aspirations que j'ai laissées en chemin. Dieu est fort raisonnable de faire des anges avec ceux qui meurent jeunes ; ils y conviennent bien mieux que les vieux saints, toujours un peu chagrins et amers. Je doute parfois très sérieusement de l'esprit humain qu'alors je ne songeais même pas à critiquer. A douze ans, je possédais les dons et même les rhumatismes qu'on me voit aujourd'hui. Je n'ai rien acquis, si ce n'est l'usage des dictionnaires. Même, ai-je eu l'art de faire mon chemin ? Un siège au

Sénat, quelque influence sur les destinées de mon pays, n'auraient-ils pas flatté ma vieillesse ? »

. . . .

M. Renan vit que j'étais frappé de cette demi-ambition qu'il avouait. Et fermant son manuscrit, il me développa sa pensée :

« Un excellent chroniqueur a reproché à mon ami Berthelot d'aimer les places. Je comprends bien qu'il ne s'agissait pour M. Scholl que de placer une plaisanterie dont il était satisfait. Il a parlé de Berthelot pour laisser souffler M. Stapleaux, sur lequel, me dit-on, il s'exerce d'habitude. Je crois qu'il m'est arrivé à moi-même de prêter à saint Paul, lors de son agonie, des considérations dont il était en fait incapable. Mais j'accepte pour moi et pour Berthelot cette affirmation. Oui, nous aimons le succès. C'est que nous sommes des savants, l'un et l'autre, et doués du sens historique. Moi, qui ai écrit les origines du Christianisme, et lui, qui étudie les origines de la Chimie, nous sommes accoutumés à considérer chaque forme du génie humain dans son développement, depuis la racine, depuis la germination sourde, jusqu'à la fleur. J'ai vu que Jésus n'était le Christ qu'on adore que pour avoir réussi ; s'il n'eût pas su manier les hommes, il ne conquérait pas ses apôtres, il n'émouvait pas le peuple ; il demeurait un rêveur sans histoire. Berthelot m'affirme qu'il y eût parmi les alchimistes des intelligences de premier ordre, des génies en puissance, à qui il n'a manqué, pour être les véritables serviteurs de l'intelligence humaine, que d'être reconnus par elle. En un mot, d'avoir le succès. Je tiens pour vaines subtilités de bibliothécaire les discussions sur le génie de celui-ci ou de celui-là, morts il y a cinq siècles. L'amoureux du progrès ne peut classer parmi les héros que ceux qui aidèrent à quelque groupe humain. Le plan merveilleux qui nous eût assuré la victoire en 1870 et qui est resté dans le portefeuille d'un petit lieutenant est une belle œuvre pour une centaine d'intelligences spéciales ; mais je regretterai toujours que ce lieutenant n'ait pas eu son succès alors, c'est-à-dire n'ait pas su faire reconnaître son génie en temps opportun. En voilà un qui serait un grand homme. Chacun a son heure dans l'humanité, où il peut être utile ; la gloire l'en récompense. Archimède apportant aujourd'hui la quadrature du cercle ? Il fit bien d'avoir son succès au IIe siècle avant Jésus-Christ.

» Un esprit assez grossier sera réellement un génie s'il en remplit l'office devant l'humanité. Ainsi de Hugo : j'ai mis quelque temps à comprendre ce grand poète ; vous savez que je n'entends pas grand chose à la littérature; je ne sais que dire à peu près, dans l'ordre logique, les petits faits qui peuvent intéresser; Mérimée et Sainte-Beuve me plaisantaient souvent : « Il faut que chaque âge ait son vice, disait Sainte-Beuve ; n'avons-nous pas été romantiques à vingt ans? Renan le deviendra sur le tard. » En effet, quand Victor Hugo revint de l'exil, quand je vis la haute conviction de ce vieillard, son culte de soi-même, l'enthousiasme de trois générations autour de lui, je compris que j'avais tort de ne point l'admirer davantage.

Celui qui sait éveiller les plus nobles sentiments dans les poitrines, quel qu'il soit d'ailleurs, il est bon que nous l'honorions; il est le lieu où s'échauffe l'âme de la Patrie. »

Ainsi parlant, l'illustre écrivain se prit à rire doucement. Pour moi, j'admirais la largeur de son génie et le charme de son caractère.

IV

DANS LES COULISSES

Cette après-midi, quand je fus introduit dans le cabinet de M. Renan, l'illustre académicien sommeillait légèrement sur d'antiques grimoires. Avec une parfaite aisance, il se réveilla, sans secousses, comme un sage qui est accoutumé de passer du rêve aux affaires. Et déjà il m'approuvait.

Après un silence : « Monsieur, lui dis-je, avez-vous été impressionné de l'assaut qu'on vous fit, pour votre *Abbesse de Jouarre?* »

J'avoue que la question me parut

aussitôt maladroite. Mais cette chaleur, cette digestion du milieu du jour, m'ont toujours accablé.

M. Renan (qui me traite avec faveur, parce que je n'interroge que pour plaire), ayant levé sur moi ses yeux extraordinaires de finesse, me rassura de la tête ; puis il installa son énorme corps pour parler lus à l'aise :

« Le monde a prétendu que j'étais un écrivain inconvenant. Je croirai difficilement que j'exalte le vin, les femmes et la chanson, et que, devenu grivois sur le tard, je dépasse Béranger, pour lequel, jadis, j'ai dit ma répugnance jusqu'à inquiéter l'impartialité de Sainte-Beuve, qui n'était pas non plus un esprit en goguette. Pourtant, que j'offense le front tendre des mondaines, cela est possible; mais je ne puis le savoir. Au séminaire, quand on nous lisait les discussions les plus audacieuses des casuistes, nous étions tous à genoux avec nos surplis sur le dos, C'est une habitude que j'ai conservée. Les propos qui offensent le plus les âmes du siècle, je puis les entendre, sans détourner ma pensée ni mes yeux de mon Dieu intérieur. Même je ne les prononce, comme le prêtre, que pour apprendre à chasser les soucis de la chair. Platon m'en a donné l'exemple. Mon noble ami M. Michelet l'a très bien vu : le *Banquet* est austèrement licencieux. Une scène hasardée faisait courir de main en main ce petit livre si fécond qui a plus servi qu'aucun la cause de l'idéal.

« Le *Figaro* de son côté m'a reproché d'avoir de l'esprit. Il est vrai que j'ai souvent envié les rédacteurs de ce journal : un journal est la meilleure forme que je sache pour l'exposition de la vérité. A côté d'un premier Paris, qui est une affirmation de principes, voilà le portrait d'un homme politique, un tableau de la situation du pays, les ruses des élections, mille petits faits qui corrigent l'absolu des doctrines affichées en première page. Puis, viennent les échos avec leurs *Five o'clock*, leurs intrépides vide-bouteilles et autres détails de luxe ; et par là vous indiquez que les hautes recherches, si belles qu'elles soient, ne sont pas toute la vie, que les sourires, les primeurs et la lumière électrique ne sont pas une quantité négligeable. Ainsi, les divers articles d'une gazette donnent à chacun de nous la vision du monde dont nous sommes coutumiers, et, les renfermant toutes, le journal est bien la forme la plus approchante que nous ayons de la vérité.

« Il n'est pas jusqu'à cette formule : *La suite au prochain numéro*, qui ne soit excellente, car elle nous fait souvenir que Dieu, ce merveilleux romancier, n'a jamais dit son dernier mot.

« Vous êtes un peu journaliste, monsieur, mais, avouez-le, votre art exquis ne peut être compris dans ses intentions que des intelligences très averties. Dans le temple de la philosophie, vous êtes ces *dilettanti* qui passent leur vie à regarder par la fenêtre. Mon métier est plus triste ; je suis un pédagogue.

« C'est moi qui commente toutes les jolies choses que les journalistes d'aujourd'hui et de jadis ont vu passer (les journalistes de jadis, c'étaient les prophètes ; ils faisaient des *premiers-Paris* très violents sur la place publique : Rochefort ou mieux Mlle Michel m'aident souvent à me figurer Ezéchiel).

Je dois montrer le rapport des divers idéals de l'humanité, faire luire toutes les facettes de la vérité : je n'ai rien trouvé de mieux pour cela que d'incarner chaque opinion en une personne et de la faire se comporter comme un être vivant. J'ai écrit des dialogues pour nuancer plus vivement les états de ma pensée. Mais vous pensez bien que je n'ai aucune intention scénique.

« Le théâtre vit de la passion qu'y porte la foule. Les applaudissements populaires nous effrayeraient, nous autres, abstracteurs de quintessence. Il ne serait pas bon que des esprits neufs, ou du moins mal renseignés, fussent mêlés aux jeux de la métaphysique. Ils pourraient tirer des conséquences dangereuses de propositions que nous aventurons, bien qu'elles ne soient, après tout, que des vérités incomplètes. Car, je vous le dis en confidence, nous sommes d'étranges amoureux, nous faisons des monstres à notre maîtresse, qui est la vérité. Nous avons créé des diables, des dieux, des loups-garous et des constitutions ; quand ils s'échappaient par le monde, c'était un grand malheur. Une sécurité nécessaire au penseur est qu'il se dise : Je fais mes expériences dans un cabinet bien clos ; si mes calculs sont faux, si mes cornues éclatent, je ne tuerai guère que mon préparateur et une paire de disciples. Bref, nous avons des idées qu'il faut tenir en cage comme les chiens sur lesquels travaille M. Pasteur. M. Pasteur tient ménagerie pour le bien de l'humanité, mais il peut être un danger pour la rue d'Ulm. Ne lâchez pas plus en représentations publiques les idées d'un philosophe que les chiens de M. Pasteur. »

J'objecte alors à M. Renan que le *Dialogue des morts*, qu'il a consacré à Victor Hugo, a été représenté par les artistes de la Comédie-

Française. M. Renan me répond que seule cette grande circonstance à pu le décider à cette publicité.

Et pourtant, je surprends chez lui une complaisance à parler des répétitions qu'à cet effet il suivit au côté de M. Claretie.

« Je craignais M. Coquelin cadet, me dit-il, parce qu'on m'avait prévenu qu'il fait sans trêve des calembours. Quoique j'aie vu Victor Hugo y exceller, je vous avoue que je ne goûte guère cet exercice. C'est que j'y suis inférieur. Peut-être, comme érudit, m'est-il arrivé de jouer sur les mots : les évêques me l'ont reproché; mais c'était sur des mots syriaques, avec mes confrères de l'Académie des inscriptions. Dans notre ère, je ne comprends plus le calembour.

» Eh bien! M. Coquelin m'a surpris. Le croiriez-vous? Il ne me parlait que d'exégèse et de l'Institut.

Il préparait déjà la candidature de Claretie. Et puis, ne le répétez pas, il ressemble un peu à ce père Le Hire qui fut mon professeur à Saint-Sulpice. C'est d'ailleurs un artiste de grand talent.

» Je finissais même par craindre M. Sarcey, car Mlle Reichemberg me disait toujours : « Qu'est-ce que pense Sarcey ? Avez-vous fait parler à Sarcey ? Comment voulez-vous débuter si vous n'avez point Sarcey ? » J'essayais de la rassurer ; mais son amie, Mlle Réjane, a ajouté en regardant ma redingote, qui est un peu longue, paraît-il, et a un air de soutane : « Ah ! vous savez, Sarcey n'aime pas les « cléricaux ! »

» Elle est tout à fait charmante, cette demoiselle Réjane.

« — Mais, lui dis-je, poussant avec plus d'audace mon idée, n'avez-vous pas souffert, quand M. Sarcey malmenait l'*Abbesse de Jouarre ?*

« — Je vais, me dit-il, vous raconter un mot que je lui fis à ce propos. Dans ce même temps, il se plaignait sans trêve qu'on lui eût volé sa montre au théâtre : « Monsieur Sar-
» cey, lui dis-je, qu'est-ce que cela
» vous fait? Vous avez toujours re-
» gardé l'heure à la montre des
» autres... D'ailleurs, vous avez
» bien raison : il vaut mieux retar-
» der avec tout le monde que mar-
» quer l'heure juste tout seul. »

Puis, cessant de tourner ses pouces, de balancer sa tête et de donner à ses phrases un ton vulgaire, M. Renan me dit en face :

« Vous ne comprenez rien qu'à la littérature. Ne parlons donc que de cela. Eh bien! je suis sûr d'avoir fait une bonne tâche et durable, puisque mon contemporain Sainte-Beuve m'a aimé, et puisque vous-même, Monsieur, d'une génération qui, pour moi, est déjà l'avenir, *vous m'inventeriez plutôt que de vous passer de me connaître.* Ainsi je fis avec Jésus, avec saint Paul, avec Marc-Aurèle, — et avec moi-même, je puis bien l'avouer, quand j'écrivis mes *Souvenirs d'Enfance.*

CONCLUSION

Ces huits jours écoulés, tandis que sur la ligne de Brest à Paris, en compagnie de mon familier Simon, je m'éloignais de Perros-Guirec, nous songeâmes tous deux, pour charmer la lenteur du trajet, à la mort de M. Renan :

Le monde en deviendra plus triste et plus vulgaire, me disait Simon, mais la légende de Renan, qui est dès aujourd'hui en train de se faire, s'épanouira largement ; or, rien de plus curieux que la formation d'une légende. Pourquoi ces traits qui s'effacent? C'est un type humain qui se crée, là, sous nos yeux, plus vivant qu'aucun chef-d'œuvre de l'art, par la collaboration de tous.

Je prévois, lui répondis-je, que la légende de Renan sera poussée à la fadeur ; son attitude d'écrivain trompe sur le fond même de sa pensée. Les plus avertis de ses admirateurs littéraires se plaisent à oublier qu'il est franchement anti-clérical dans la conversation, et que, sur cinq ou six points les plus importants de la pensée humaine, il est affirmatif et net autant qu'aucun esprit réputé vigoureux et brutal.

— Ah ! disions-nous l'un et l'autre, que la mort de M. Renan sera intéressante !

FIN

TABLE

ÉMILE COLIN — IMPRIMERIE DE LAGNY

www.ingramcontent.com/pod-product-compliance
Ingram Content Group UK Ltd.
Pitfield, Milton Keynes, MK11 3LW, UK
UKHW021650260726
13994UKWH00003B/1385